VERLAG VOLAND & QUIST GMBH, DRESDEN UND LEIPZIG, 2016

KORREKTORAT ANNEGRET SCHENKEL
UMSCHLAGGESTALTUNG: HAWAIIF3
SATZ: FRED UHDE
TONAUFNAHMEN UND MASTERING: FABSTUDIO.DE
CD-PRODUKTION: POLYCOPY
DRUCK UND BINDUNG: CPI BOOKS GMBH, LECK
WWW.VOLAND-QUIST.DE

# Dalibor Marković

## UND SIE SCHREIBEN AUF DEUTSCH?

Voland & Quist

Für Christiane

*„soul searchin' till my flows are perfect"*
capital steez

## kein geregeltes Reinkommen

*1:*

das ist keine Übung
sondern Leben echtes
Tag für Tag von Geburt an
da sind deine Wurzeln für das Übel
das bloße Hoffen keimt in dir und
das ist deine Chance
sie zu nutzen in Nuancen nur
belichtet den Tunnel
da war es Nacht
Abgas geatmet
zum Ausgang folge der Trommel
das sind Beats gegen die Angst
sie drang ein
drängte dich im Ring in die Seile weil
da kam weniges Training zutage
dein Polster an Trotz war seiden und
schon gelangten Haken
hart prasselnd durchs Geäst aller Fasern

*2:*

das ist keine Probe
sondern Leben echtes
Atemzug um Zug flüchtig
das ist kein Problem
sondern Regel gerechte
Augenblick für Blick gültig
Kaiser Gaukler Knechte
sind daran gekettet
allen rinnt derselbe Sand
wir stellen das Volk
sind Gott sei Dank nicht dumm und
das ist keine Warnung sondern Fakt
wir fordern für alle nackten Respekt
das ist die Idee
sie entstand verweilte verschwand von alleine
das war zu notieren
mit der Hand zu schreiben
auf leichte schlichte Seiten
das hier ist kein Text
sondern Waffe gegen den ganzen Rest

*3:*

das hier ist kein Test
sondern Leben echtes
mit Verwesung und allem am Ende

| | |
|---|---|
| Schreibspanne: | 1 Woche, 5 Tage |
| Medium: | Kladde mit kariertem Papier + Kugelschreiber |
| Premiere: | Planegg, Kupferhaus |

## das Eis berechnen mit einem Witz
oder: Am andauernd Denken

ein Bettler
ein Bänker
ein Rentner
ein Denker
sitzen auf einer Parkbank

Bettler: „Ich brauch 'n Bier zum nachts gut schlafen. Und auch Korn."
Bänker: „Ich brauche Gier und Wachstumsraten. Als Ansporn."
Rentner: „Ich brauch 'n Tier mit acht Buchstaben. Ein A vorn."
Denker: „Ich brauche hier nur abzuwarten. Beim Ahorn.
Und weiß, dir fehlt eine Antilope.
Und dir daneben, eine Hand, die lobend
auf die Schulter klopft. Und 'ne Antriebode
mit viel Applaus an den ganz da außen.
Was mich betrifft, fehlt mir 'ne Partydroge.
Das verbietet mir allerdings der Kardiologe.
So verbleiben alle meine Darbietungen
nur in meinem Kopf, kommen nie nach draußen."

ein Denker
sitzt allein an seinem Schreibtisch

Schreibspanne: 2 Wochen, 3 Tage
Medium: Notizfunktion am Handy
Premiere: Zürich, Acapulco Bar

## ein offener Beat an mich selbst

das Gedicht ist immer ein Befehl
geh' dicht an die Dinge ran erzähl'
oder singe dann beseelt
mit der Stimme aber wähl'
bitte niemals eine besserwisserische Sicht
deshalb ist es im Gedicht
vermessen bis vernichtend sprich
keine gute Option so
von oben her verschließe
deine Vogelperspektive
in den Strophen versteckt Liebe
sich im Boden erst wenn tiefe
Emotionen sehr verschied'ne
in den rohen Text geschrieben werden
ohne es mal eben
nebenbei erwähnend eine
sich ergebende Gelegenheit
alleine wegen scheinbar
edler Bewegung beim
Schreiben wahrnehmend nein
leider nicht in diesem Leben
jede deiner Reden scheint
sich in Seelenleid zu räkeln
jedenfalls empfehl' ich einen
Weg den ich dir gerne gebe
stets entscheide gegen deine

ureigenen
Urteile im
stur bleibenden
Uhrzeigersinn
nur leider zwingt
durchkeimende
Furcht einen
immer wieder in die Knie

Schreibspanne: 5 Wochen, 2 Tage
Medium: Aufnahmefunktion am Handy
Premiere: Schweinfurt, Disharmonie

## strenges Rhythmusterbeispiel für Quereinsteiger

schweige nicht
denn eigentlich
ist's eine Pflicht
mit Reimverdich-
tung Einsichten
in sein Ich nun
einzurichten schreibe

*[Atem holen]*

ein Gedicht
in eig'nem Licht
das leise spricht
auch feierlich
entscheide nichts
in eine Rich-
tung neige dich ins Treiben

*[Atem holen]*

Wortergüsse
sind wie Küsse
oder Bisse
ins Gewissen
machen Risse
in die Wissens-
lücken bis es schmerzt

*[Atem holen]*

sei gerüstet
für ein Flüstern
und Entrüstung
mach es lüstern
mal erschüttert
ohne Rücksicht
bleib verrückt im Vers

## Fünf-Minuten-Termine

### *1: Museum*

im Prinzip war alles in Ordnung
ich hatte heute die Verantwortung
für eine Gruppe von Jugendlichen
die durch das Museum lugten schlichen
und dabei dennoch zu viel Leben erzeugten
was anscheinend Anstoß fand bei den Leuten
die das Museum besuchten und sie beschimpften
mich mehrmals mit dem wirklich Allerschlimmsten
ich meinerseits dachte mir sie seien der Inbegriff von Banausen
da ich nicht mehr rauchte machte ich zur Beruhigung 'ne
Bananenpause

*[Workshop im Museum Angewandte Kunst Frankfurt, mit Schülern einer Hauptschule]*

## *2: Drogen*

wenn dein Hirn auf Urlaub ist in den Tropen
wurde es dort hingeschickt von verschiedenen Drogen
ich kenne nur einige davon
aber reinige mich schon seit Jahren
die Situation war 'ne Zeit lang verfahren
Gedanken kreisten meistens um Leichtsinn
einzige Leistung zu der Zeit waren reichliche Pläne
deren Inhalt: „Wie bekomm' ich Zeug zwischen Zähne?"
es ging immer nur um das eigene schnelle Glück
aber das haut dir am Ende eine Schelle zurück
es dauerte lange bis ich das langsam begriff
viel über Freiheit geredet
ein gepanzerter Begriff
den man erst kapiert
wenn man anvisiert
dass man sich lösen muss
vom bösen Duft
man stößt auf Frust
hat größere Lust auf das Hauptziel
setzt dabei alles aufs Spiel
ohne Regeln
Lotterie um ein neues Leben

*[Workshop in der Justizvollzugsanstalt Hohenleuben, mit Insassen des Gefängnisses]*

## *3: Traum*

jeden Morgen immer wieder bei dunklem Licht
schau ich auf den Wecker neben meinem Bett
würde er nicht klingeln fände ich das nett
doch schon tönt der Summton und ich frage schlicht:

gäbe es was anderes? sodass man nicht
im Schlaf sich so erschreckt sanft wie ein Ballett
Weckerfüße auf der Haut tanzen Pirouette
kitzeln mir die Augen auf in dem Gesicht

mit 'nem breiten Lächeln beträte ich den Tag
stattdessen guck ich böse dass ich mich frag
gibt es eine Lösung für diese Eigenschaft?

ich muss es versuchen auch wenn ich's nicht mag
mich dahingehend so zu ändern und am Ende sag:
„Summton lass ich weg. Wache auf aus eig'ner Kraft."

*[Workshop in der Hochschule für Gestaltung Offenbach, mit Studierenden im Fach Bühnenbild]*

| | |
|---|---|
| Schreibspanne: | 2 Tage |
| Medium: | Rückseite eines Großbriefes + Kugelschreiber |
| Premiere: | Frankfurt, Galerie Punkt |

## aus der Zeit, als ich ein Angeber war

„ kann dir ohne Probleme einen Holzschlitten
aus nur einem einzigen Stück Holz schnitzen
denn ich bin so was von absolut fingerfertig
aus 'nem Stamm baue ich dir eine Finca fertig
aus 'nem Wald könnte ich dir 'ne Welt zimmern
natürlich in der Hoffnung dir gefällt's immer“
auf ihre Worte danach bin ich sehr gespannt
„ bevor du große Blätter in die Säge spannst
empfehle ich dir erst einmal zweifelsohne
einen Zahnstocher aus einem Zweig gehobelt
damit kannst du dich besser in Szene setzen
du hast da was zwischen den Zähnen sitzen“

Schreibspanne: 1 Morgen
Medium: Laptop
Premiere: Rostock, Literaturhaus

## wahrscheinlich hat er gar keine Zeit

mit 'nem alten Freund mal wieder unterwegs
meine Blicke aufs Handy lässt er lieber unerwähnt
wir spazieren entlang einer großen Promenade
im Mobiltelefon versiegt mir der Strom gerade
Pausen im Gespräch nicht mehr zu überbrücken
mit Daumen am Display und durch Rübe bücken
als hätte man 'ne wichtige Nachricht erhalten
wetten dass Geschichten danach sich entfalten
sobald keine Aussicht auf Ablenkung besteht
die mittels der Gesichtsherabsenkung Bestä-
tigung ständig für alle Vibrationen braucht
ewige Aufmerksamkeitsmigration ist Brauch
also stecke ich das Handy in meine Gesäßtasche
wo ich gleichzeitig nach meinem Ladegerät taste
der Freund fragt mich wo ich hingehen wolle er-
freut sage ich „wo auch immer" obwohl er
heute noch vom Kiosk die Becksdosen liebt
schlag ich Cafés vor in denen es Steckdosen gibt

Schreibspanne: 3 Stunden
Medium: Notizfunktion am Handy
Premiere: Steinbach (Taunus), Bildungsstätte Steinbach

## Altsaxophonie

das Feuerzeug ans Ende meiner Zigarette
alte Männer setzen Geld auf die Siegerwette
vorbei an der Gruppe Fußballpatrioten
danach kommt dieser Wust aus Baridioten
grölen irgendwas für Chicas in High Heels
nebenan werden sicher Shishas inhaliert ('s
riecht auf jeden Fall sehr stark danach)
ich senke den Blick und stake nachts
durch Straßen in dem Amüsierquartier
im Kopfhörer wird la musique taktiert
nur um sich dem Ganzen nicht auszusetzen
schütze mich grenze mich aus (zu ätzend
empfind' ich das Getue auf meiner Haut
bekämpf' ich das Gedudel mit einer Laut-
stärke die alles hier verstummen lässt)
nehm' den letzten Zug an dem Stummelrest
entkomme dem Viertel voller Partybars
unbeschadet mit Kopfhörerbodyguards

Schreibspanne: 1 Woche, 2 Tage
Medium: Rückseiten von Fehldrucken + Bleistift
Premiere: Hamburg, Literaturhaus

## Plakatfärbung

dass ich öfter mal in den Bioladen sollte
denk' ich und seh die neue Limonadensorte
an der Bushaltestelle aufm Reklameschild
eben hält es noch seine Tentakelarme still
doch sobald meine Augen dem Blickfang erliegen
sind die Arme bereit für den Trick fangen liebend
gerne damit an mir meine Schultern zu massieren
träume von so Dingen die 'nem Sultan nur passieren
reite auf 'nem Schimmel über meine Ländereien
die Tentakelarme drücken tief in meine Lenden rein
ich steh' in einem Zimmer überfüllt mit Diamanten
Phantasien von denen man weiß dass die ja manchen
bereits in den blanken Wahnsinn getrieben haben
die Tentakelarme wandern währenddessen tiefer graben
den Geldbeutel aus worin ich suche nach passen-
dem Kleindgeld an einer der Supermarktkassen
vom nächstgelegenen Discounter am besten
ich zähle 'nen inneren Countdown zum ersten
Schluck mit dem Getränk aus der Dose Limonade
alle Phantasien waren bloß 'ne Filmmontage
Zuckerwasser mit Geschmacksverstärker vermischt
die Erkenntnis trifft mich wieder und ich ärgere mich
über Tentakelarme ich habe erneut das Spiel verloren
das Debakel aber wird sich schon morgen wiederholen
nur ein weiterer Strich an schwulstigen Narben
die man innerlich sammelt nach dem Satz: „Muss ich haben!“

## message à trois

*1:*

ich frage mich gerade
wird die waagerechte Lage
und die Wahl der Flächenfarbe
einer deutschen Landesfahne
bei den Leuten anders wahrge-
nommen wenn ich offenbare:

sie stellt ganz schlicht gesagt
aus finanzieller Sicht gemalt
die drei Gesellschaftsschichten dar

| | | |
|---|---|---|
| oben läuft das Geld | in schwarzen Koffern | am Fiskus vorbei |
| mittig hat das Konto | immer rote Ziffern | im Dispo vereist |
| unten zahlt man heute | mit goldenen Cents | den Discounterpreis |

## 2:

| | |
|---|---|
| | Schere Stein Papier |
| du musst eine | Geste zeigen wofür |
| du dich zu- | nächst entscheidest bleibt dir |
| überlassen du | wählst so scheint es ab hier |

nach freiem Gutdünken
aus drei gut verdünnten
geheim unterfütterten
Zeichen von bitteren
Feinden indem du dich
eigentlich eben entscheidest
für eines von dreien Systemen:

| | |
|---|---|
| [flache Hand] | Faschismus |
| [Faust] | Kommunismus |
| [Siegeszeichen] | Kapitalismus |

Brunnen wird gerne verboten
das sei kombinatorisch ein wunder Punkt
und brächte Ideen nach oben
vom konterpolitischen Untergrund
das seien die ersten Vorboten
für Chaos Widerstand Unvernunft

*3:*

der Menschenverstand
ist wieder angelangt
beim Lösen von Problemen
mit Funken und Zunder

so glauben wir schnell
den Sentimentalisten
die uns're Sicht vergilben
durch kommende Wunder

der Menschenverstand
ist wieder mal erkrankt
wird hoffentlich sehr bald
ein halbwegs gesunder

sonst werden wir selbst
jene Mentalisten
mit drei anderen Vorsilben:
„Die“ und „Funda“

Schreibspanne: 3 Tage
Medium: Rückseite einer Rechnung + Filzstift, Laptop
Premiere: Helmstedt, Brunnentheater

## jüngere Geschichte

um Jugendliche
zu begeistern
für Geschichte
hab ich sie einfach
umgedichtet
also nicht wundern
ich nehme Zeilen und Sätze
aus unserer Zeit und versetze
sie in vergangene Dekaden
des 20. Jahrhunderts

wer in den 30ern sagte:
„Mein Speicher ist voll."
war entweder Mitläufer
oder hatte einer Familie schon Unterschlupf gewährt

wer in den 40ern sagte:
„Ich lade gerade."
war entweder in einem Arbeitslager
oder lag in einem Busch mit 'nem Gewehr

wer in den 50ern sagte:
„Ich lösche die Datei."
hatte sich versprochen
und meinte: Ich lösche die Partei aus meiner Vergangenheit

wer in den 60ern sagte:
„Ich hab 'ne Firewall."
kam entweder aus dem Westen Berlins
oder aus dem Osten und war je nach Gesinnung gefangen oder frei

wer in den 70ern sagte:
„Ich brenne einen Rohling."
war entweder Mitglied der GSG9
oder bei der Roten Armee Fraktion

wer in den 80ern sagte:
„Ich drücke auf Senden."
war jeweils Präsident einer Großmacht
und meinte Atomwaffen mit Pilzexplosion

wer in den 90ern sagte:
„Der Empfang ist schlecht."
war Ossi und meinte Wessis
oder besaß tatsächlich eines der ersten Handys

wer in den Nullerjahren sagte:
„Ich schicke dir gleich 'ne E-Mail
ohne Betreff
aber mit PDF im Anhang
werde gleich damit anfangen
könnte 'ne Weile dauern wie du weißt
denn bedauerlicherweise
ist mein Modem nicht mehr
das modernste Modell
auf dem Markt
Schönen Tag."
der meinte das auch genau so

Schreibspanne: 3 Tage
Medium: Laptop
Premiere: Nürnberg, Stadtbibliothek

## zeitweise vorgespult

Ich betrete den Bahnsteig. Eine Verspätung wird nicht angezeigt. Es ist kurz vor sieben oder lange nach sechs. Je nachdem, welches Auge man zuhält. Mein Zug fährt von Frankfurt am Main über Weimar nach Bonn. Merkwürdiger Schlenker, aber manchmal sind Umwege die sichere Direktroute. Habe ich mal irgendwo gehört. Der Bahnsteig ist voller Menschen. Die sehen sich um und denken ihrerseits, dass der Bahnsteig voller Menschen ist. Also gehöre ich jetzt dazu. Ein junger Mann läuft herum und verteilt Flugblätter. Er sieht kränklich aus, *aber das kann täuschen.* Vielleicht hat seine Genesung im Exil lediglich unauslöschliche Spuren hinterlassen. Das Flugblatt heißt: Der Hessische Landbote. Es geht um Freiheit und das Ende der Unterdrückung. Was im Prinzip dasselbe ist, aber eben nur im Prinzip. Hinter mir flüstert jemand: „Das ist Büchner. Schwör!“ Ich steige in einen Waggon und setze mich vor eine chinesische Reisegruppe.

Der Zug fährt pünktlich auf die Sekunde ab. Meine Uhr springt von 18:48 auf 49. Die Chinesen hinter mir klatschen. Ich weiß nicht wieso und drehe mich nicht herum. Das könnte zu Kontakten und Kommunikation führen. Also lieber nicht. Am Fenster zieht die Frankfurter Paulskirche vorbei. Sie füllt sich mit Männern, die so aussehen, als würden sie etwas Neues ausprobieren. Manch einer wirft einen Hut in die Luft. Wer weiß, ob die wieder auf unversehrten Köpfen landen werden. Ich muss auf Toilette und möchte durch den Mittelgang ans Ende vom Waggon. Aber zwei Studenten haben eine Barrikade am Ausgang errichtet. Sie verschanzen sich dahinter und grölen Parolen. Es geht um Freiheit und das Ende der Unterdrückung. Ich beziehe das auf meine Notdurft und verstehe nicht ganz, was sie meinen. Dann hören sie damit auf, weil jemand sie erschossen hat. Das gibt mir wenigstens die Möglichkeit, meine Notdurft zu erledigen. Ein schlechtes Gewissen habe ich dabei aber schon. Ein bisschen.

Ich kehre zurück an meinen Platz. Wahrscheinlich ist eine hartnäckige Langeweile ausgebrochen. Die Passagiere verteilen Sticheleien untereinander. Das hört auf, sobald der Schaffner den Waggon betritt. Er hat einen lustigen Bart, *aber das kann täuschen*. Vielleicht ist sein Gesicht drum herum lediglich sehr, sehr ernst. Vor mir flüstert jemand: „Das ist Bismarck. Auf jeden, Alter!“ Der Schaffner überprüft die Fahrkarten und verschwindet. In dem Moment bekommen alle dieselbe Nachricht auf ihrem Mobiltelefon.

Balkan.

Bosnien.

Blaues Blut.

Bumm Bumm.

Aus den Sticheleien werden Handgemenge. Plötzlich hört man auch Waffen. Ich sehe aus dem Fenster. Da sind Felder mit großen Löchern und Aufschüttungen. Dazwischen liegen Menschen. Ob sie leben, kann man nicht so gut erkennen. Es sind jedenfalls viele. Im Waggon ist darüber hinaus eine Grippe ausgebrochen. Wahrscheinlich begünstigt durch die Berührungen im Handgemenge. Ich stelle mich zusammen mit den neun Chinesen aus der Reisegruppe in einen Kreis und messe unser Fieber. Wir kommen auf dreihundertsechzig Grad und teilen es durch zehn. Also alles gut. Ruhe kehrt ein.

Der Zug hat Aufenthalt in Weimar. Von 19:18 Uhr bis 19:33 Uhr. Alle steigen aus, um ein bisschen frische Luft zu schnappen. Die Stimmung ist gut. Es wird viel diskutiert. Ich gehe in die Bäckerei der Bahnhofshalle und möchte ein belegtes Brötchen. Aber zwischen Bestellung und Bezahlung hat sich der Preis verzehnfacht. Während ich in meinen Taschen nach mehr Kleingeld suche, hat die Bäckerei bereits geschlossen. Die Auslagen sind leer und den Zettel an der Tür kann man nicht mehr lesen. Auf dem Boden finde ich ein halbes, hartes Brötchen und vertreibe die Tauben, die bereits hineingepickt haben. Die Stimmung am Bahnsteig ist ins Gegenteil gekippt. Man hört, dass die Passagiere schimpfen. So sehr, dass sie alle Finger an einer Hand ausstrecken müssen. Wir steigen wieder ein.

Es wird augenblicklich dunkel. Wahrscheinlich ein langer Tunnel. Jedenfalls sind alle Lichter ausgegangen. Zum Glück lesen manche in brennenden Büchern. So kann ich den Weg in einen der hinteren Waggons finden. Aus den Lautsprechern kommt eine drohende Stimme, *aber das kann täuschen*. Vielleicht ist man einfach aggressiv genug, um sie nicht auszublenden. Die hinteren Waggons haben nur Stehplätze. So viele, dass man gar nicht mehr hineinkommt. Wohin die Reise denn gehe, rufe ich über die zahllosen Köpfe hinweg. Eine alte Frau antwortet mit: „Keine Zeit." Das verstehe ich nicht und kehre wieder um. Einmal wende ich mich zurück und stelle fest, dass die meisten bereits anfangen zu husten. In meinem Waggon herrscht wieder großes Chaos. Von außen werden die Fenster eingeschlagen und Soldaten dringen ein. Auf der linken Seite haben alle eine Zigarette im Mund. Gegenüber wird schon lauthals mit Siegerschnaps angestoßen. Gemeinsam machen sie das Licht wieder an. Oder der Tunnel ist vorbei. Das kann man nicht so genau unterscheiden. Die chinesische Reisegruppe klatscht erneut. Diesmal frage ich nach dem Grund und bekomme eine Gegenfrage gestellt. „Wie lange hat die Fahrt gedauert?" Ich rechne kurz und komme auf ungefähr hundert Jahre.

Um 19:49 Uhr treffen wir in Bonn ein. Das ist nicht die Endstation, aber alle steigen aus. Von hier aus geht es nur noch zu Fuß weiter, wenn man weiter nach Berlin möchte. Am Bahnsteig stehen zwei Männer mit kantigen Gesichtern, *aber das kann täuschen*. Vielleicht fallen die Schatten nur unvorteilhaft, weil alle endlich ihren Hintern in die Sonne halten wollen. Neben mir flüstert jemand: „Das sind Kurt und Konrad. Hundertpro!" Die Männer verteilen das Grundgesetz. Als Buch gebunden. Es geht um Freiheit und das Ende der Unterdrückung. Die Chinesen und ich stellen uns wieder im Kreis auf. Ich lese ihnen alles Zeile für Zeile vor. Sie nicken an vielen Stellen. Hier und da gibt es Gelächter. Am Ende schlage ich das Buch zu und wünsche ihnen, dass ihre Umwege auch die sichere Direktroute werden. Mit etwas Glück dauert es vielleicht nicht hundert Jahre.

Schreibspanne: 1 Woche, 6 Tage
Medium: Notizfunktion am Handy, Laptop
Premiere: Bochum, Rotunde

## fragil mich nicht

„Und Sie schreiben auf Deutsch?“
heißt es oft
wobei ich dabei einen Deut S-
kepsis unterstelle
den ich mir nicht anmerken lasse
sondern handwerklich fast
perfekt ein Nicken imitiere
„Marković“ und „Dalibor“
heißt es dann
argwöhnisch „sind Nach- wie Vorname?“
„Ja!“
und nach wie vor ahme
ich dabei eine Freundlichkeit nach
obwohl ich häufiger mal
sagen sollte:
„Wissen Sie, ich bin Bühnenpoet
und bitte Sie im Übrigen konkret
darum etwas nachzuvollzuziehen
ohne Schmach zu forcieren
bevorzuge ich das Wort zugezogener Ausländer
denn ich komme aus Ländern
genau zwei
dem der Eltern und Deutschland
es ist also kein freudscher
Versprecher sondern ein Ausdruck
mit Sinn erfunden
wenn ich behaupte

ich führe ein Leben mit
Mikrophonshintergrund."

„Und, kann man davon leben?
oder ist das eher ein Hobby, eine Art Faible?"
wobei ein Lächeln den Mund umspielt
und sich als rundum zielgerechte Fläche
für alle vier Knöchel meiner Rechten erweist
aber der innere *referee* er pfeift
und innerlich referiere ich im Zweifel
lieber über die Möglichkeit
ob seine Berufsbezeichnung
etwas mit Manager ist
ob er also ein *man-ager* ist
der in unserem Menschenalter
die Menschen altern lässt
und zwar vorschnell
dass ich mir die Frage vorstell':
„Und, kann man damit leben?"
sage letztendlich aber:
„Ja, es reicht gerade eben."

„Und wie machen Sie diese lustigen Geräusche?"
„Als ob Sie's wussten
grad' heute
fiel mir ein wie ich's am besten erläut're:
genau genommen
übersetze ich
Lyriktexte ins Rhythmische
oder wie ich lieber sage ins Verrücktische
denn ich spreche fließend
Plem-Plem und Gaga
verwende sogar ganz
in Vergessenheit geratene
Akzente Absurdistans
kenne alle Dialekte des Walpurgistals

bin Experte für Slang aus Hau-mir-ab-hausen
Gelehrter für's längst ausgestorbene Flausen
im Kopf kann ich jeden beliebigen Vers
verwandeln in edle Lieder mit *snares*
und *hihats* und *bassdrums* und *sounddesign*
kein Scherz
ohne Hightech, Gebetskranz und Zauberei
werden Worte zu Musik und umgekehrt
verstehen Sie was ich mein', so ungefähr?"
hätte ich beinah gesagt
aber das war mir zu schleimig
also verkürzte ich alles zu:
„Ist ein Geheimnis."

„Und wo sieht man Sie dann mal als Nächstes?"
erscheint meistens erst vor Ende des Gespräches
wobei ich Formulierungen
vor mir hermurmele
über Internet und Suchmaschinen
doch intern hätt' ich genug verschied'ne
Antworten der uncharmanten Sorte
bereits vorbereitet, so zum Beispiel:
„In Ihrer Nähe hoffentlich nicht."
dafür fehlt mir dann offensichtlich
das Zeug
denn ich verabschiede mich mit:
„Ja, hat mich auch gefreut."

| | |
|---|---|
| SCHREIBSPANNE: | 2 Jahre, 10 Monate (aufgrund verloren geglaubter Daten) |
| MEDIUM: | Laptop, Ausdruck des Textes + Kugelschreiber |
| PREMIERE: | Kassel, Brencher Buchhandlung |

## wenn ich deutsch rede, dann bemerkt man meinen deutschen Akzent gar nicht so sehr

when I speak
wenn ich spreche
is it weak?
ist es Schwäche?
not to mention all the things
auszublenden all die Dinge
that keep forcing me to think
die mir Gedanken auferzwingen
that a language protects all her babies
dass eine Sprache ihre Kinder schützt
and therefore translating poems is crazy?
also sind Lyrikübersetzungen verrückt?

when you read em
ako čitam
wenn es rausmuss
with a rhythm
imam ritam
mit 'nem Rhythmus
with some help of a rhyme
ako rim mi pomaže
mit der Hilfe von Reimen
there's a big chance to shine
onda može da se kaže
ist es möglich zu zeigen

even if the words you don't know 'em
čak sa riječima nisu ti jasne
auch mit Wörtern du kennst sie nicht
you still understand the poem
ipak razumiješ pjesme
verstehst du dieses Gedicht

je suis hereux because now
você está em meu coração
irgendwann sind wir kao baka i dida
juntos hasta el final de la vida

Mitautoren: El Congo Allen, Charl-Pierre Naudé, Mara Genschel

## Irregularitäten

### *1: Renga one*

(Charl)

a suburb of umbrellas
is rotating in the wind

(Dalib)

'ne Sandburg aufm Brenner
es drohte dir dann Wien

(Congo)

las sábanas de Rafaela
el perro se fue a su fin

(Dalib)

a slabo ova breskva
iz drota ti je fina

(Charl)

'n Sabel van ou brame
is 'n routyd in die wind

## *2: Renga two – The silenced cry*

(Charl)

construction – what a famous word – of a poem
or human starts with grass sheaves,
or timber collection

(Dalib)

soul – so ill – so soll es sein
ich verschweige deinen Schrei sehr gern
geschehen – schön – showing you all

(Mara)

Soll ich? Geschehn?
Soll „Soil" survivors Progress sein?
Steh' eh auf meinem zweiten Bein (längst)

(Charl)

Four verses: windows in a house
Soil: the first storey of every tree –
And the last

### *3: Renga three*

(Congo)

Rio, pinar del rio, campos
El olor de la campinya, que inspira
El sudor del tabaco, camina
El guajiro te llama, a fumar

(Charl)

Roei Pienaar deur die rooi kamme
A hello dâar, K. Piennaar ou kwintspiere
Al soeter die taal-bakker K. Minnaar,
die kwaai heroes in pyjamies, ag, foei mal

(Mara)

Ruhig, Kinna die die ruhig kommen
Ah Hallo Da! Paar Kinna können spielen
Ole spuckt auf die Kalle-Backe, Carmen auch
Eine Qual in Hos und Scham is, ach pfui Man

(Dalib)

Ruli klima te, ti ruli kontra
A malo da parkiram kod te špilje
Ovdje buka ti kaže baka kameno
Ajde hvali to sunčanje pa putuj van

Schreibspanne: 1 Monat
Medium: loses Papier + Bleistift
Premiere: Turin, Circolo dei lettori

Übersetzung: Eleonora di Blasio

## im Schilf

hinter dir
hinter dir
die Hintertür
sie ist offen
los los laufen
jemand ließ sie auf
beschleunige
scheue nichts
oder man liest dich auf
tot
das Tor gibt Zugang zum Hof
Dauerregen
Dauererregung bei dir
ein Pochen im Hals
beruhige den Puls
im Kiesel die Leiche
sie wird weich
wird steif
weiter schleichen
näher ran an die Hände
in die Hocke
hol dir seine Waffe
das Magazin auch
seine Jacke
und was du sonst noch brauchst
etwas passiert
ich höre was

## nel canneto

lá dietro
lá dietro
la porta sul retro
é aperta
veloce vai via
c'é un varco
affrettati
non arrenderti
o ti troveranno
morto
il portone conduce al cortile
pioggia battente
il tuo battito pulsante
un palpito in gola
placa il polso
sul selciato il corpo
prima si affloscia
poi si indurisce
avvicinati alle mani
tienti pronto
accovacciato
sfilagli l'arma
il portacartucce
la sua giacca
e quanto resta
cosa accade
sento qualcosa

Schüsse
du wirst getroffen
Scheiße
du musst rennen
schnell zum Fluss
schneller zum Ufer
in die Grünfläche ducken
und dann keinen Mucks

im Schilf
bleib im Schilf
sch
im Schilf
bleib im Schilf
still

du blutest stark am Unterarm
verwende die Jacke
reiß sie in Stücke in Lumpen Fetzen
verbinde damit deine Wunde
und wate langsam durchs Wasser
behutsam und flüssig bewegen
dem Lauf des Flusses entlang
der Regen hämmert gehemmt gehemmter ebbt ab
summe Melodien mit innerer Stimme
trage die Angst auf gesungener Sänfte heraus
verlasse das Gras
schlag dich zum anderen Ende vom Haus
an die Mauer
an sie gekauert
vorsichtig
hörst du sie nicht?
Schritte Laute da hinten die Gestalt
halte den Atem
nimm sie ins Visier
ziel

dei colpi
centrato
cristo
adesso corri
rapido al fiume
piú rapido a riva
a terra sul prato
e non fiatare

nel canneto
sta'nel canneto
ssst
nel canneto
sta'nel canneto
muto

il sangue scorre dall'avambraccio
usa la giacca
falla in pezzi in brandelli in legacci
stringi stretta la ferita
e guada l'acqua lentamente
muoviti cauto renditi fluido
segui il corso della corrente
la pioggia picchiando pian piano picchietta e si placa
dentro di me canticchio in silenzio
allontano il timore su sentieri cantati
via dal prato
dall'altro lato della casa
spalle al muro
accovacciato
fa'attenzione
non li senti?
passi colpi in fondo un'ombra
tieni il fiato
tieniti pronto
prendi mira

schieß!
verfehlt
schieß!
erneut daneben
du musst rennen
schnell zum Fluss
schneller zum Ufer
in die Grünfläche ducken
und dann keinen Mucks

im Schilf
bleib im Schilf
sch
im Schilf
bleib im Schilf
chill

spara!
mancato
spara!
per poco
adesso corri
rapido al fiume
piú rapido a riva
a terra sul prato
e non fiatare

nel canneto
sta'nel canneto
ssst
nel canneto
sta'nel canneto
cheto

Schreibspanne: 3 Tage
Medium: Desktop
Premiere: Taschkent, Russisches Theater

Übersetzung: Ravshan Sultanov

## PANEX

„
Lasst uns trennen.
Wir treffen uns im Park.
Ja, im kleinen.
“
es war klar „wo“ gemeint war damit
wir huschten in verschiedenen Richtungen fort
laufend wurde mir bewusst
dass Plastik noch dazu nasses
zu laut ist zum Trampeln auf Trottoirs
machte halt
japste nach Luft
lief weiter als Atem sich mäßigte
längs den Schienen der Straßenbahn lang
dann am Park vernahm ich laut die Stimme meines Kumpanen
er wollte uns warnen
nachdem selbst in die Falle getappt
hab Abstand zum Park ausgedehnt
auf gut Glück zurück zu meinem Trip
bog um einen Baum
um kleinen Zaun dahinter als Versteck zu nutzen
just in dem Moment: ein Ruck an Schulter
ich fuhr herum sah die Haare vom Bart meines *compadre*

„
Mann, hast du mich erschreckt!
Ja ich hab's auch gehört.
Was machen wir jetzt?

## PANEX

„
Кел энди тарқаламиз.
паркда учрашамиз.
Ҳа кичкинасида.
“

Бу билан ›қаер‹ назарда тутилгани аниқ эди
Биз турли йўналиш сари равона бўлдик
тобора менга аниқ бўлдики
пластик намлигида тротуарда юриш
қаттиқ овоз чиқарар экан
тўхтадим
тўйиб олдим нафас
нафасим ростлангач юришда этдим давом
трамвайнинг узун линияси бўйлаб
сўнгра парк яқинида эшитдим шергимнинг баланд овозин
у бизни огоҳлантирмоқчи бўлганди
Ўзи эса тузоққа тушди
паркдан узоқлашдим
Бахт излаб чиқилган сафаримга қайтдим
бир дарахт томон бурилдим
унинг орқасидаги девордан яшириниш учун фойдаланмоқчи эдим
худди шу пайт: елкамга кимдир туртгандек бўлди
ўгирилиб қарадим, кўзимга оғайнимнинг соқоли тушди

„
Оғайни, қўрқитиб юбординг-ку!
Ҳа, мен ҳам эшитдим.
Энди нима қиламиз?

Die nächste rein?
Verstanden!
“

wir nahmen angesagten Pfad
gelangten dann fast an alte Bekannte
Absatz um 100 Grad umgesetzt und gewetzt
wissentlich dass niemals uns erwischt
wer noch so dicht ist

„
Nichts! Was soll sein?
Die haben wir abgehängt.
Die sind irgendwo 2 Blocks weiter westlich.
“

Wetter wechselte wir zogen Kapuzen tiefer

„
Was jetzt?
Links oder rechts?
Weiterrennen oder suchen wir Versteck?
Fluch nicht!
Sie kommen gleich, also beeil dich!
“

schlichen weiter
im Genick immer ein Zucken zum Zurückblicken
bloß nicht stehen bleiben unter ’ner Laterne
düsten durch Schatten
verweilten an Ecken zwecks Lugen
was schwerfiel weil es eilte

„
Doch. Schon. Verstecken ist besser.
Wir besetzen einen Platz, warten ab, was passiert.
Da lang, aber sachte.
“

überquerten Straßen aus Teer
auch gepflasterte Pfade führten
zum Haus davor Garten
hinter Hof ein Spielplatz

Кейингисига ўтирамизми?
Тушундим!
“
Биз айтилган йўлдан бордик
деярли эски танишимизнинг олдидан чиқдик
100 градусга бурилдик қочишда этдик давом
ҳеч қачон бизни тута олмасликларини билардик
қанчалик бизга яқин қолган бўлсалар ҳам
”
Ҳеч нарса! Бу нима?
Биз улардан қутулдик.
Улар қаердадир 2 блок ғарбда.
“
ҳаво ўзгарди биз ёмғирпўшларимизни бостириб кийдик
”
Энди нима?
Чапга ё ўнгга?
Қочишда давом этамизми ёки бирор жойга яширинамизми?
Сўкинма!
Улар ҳозир етиб келадилар қани шошил!
“
судралишда давом этдик
тинмай ортга қараб борардик
фақатгина симёғоч нури остида туриб қолмаслик керак
соядек учиб борардик
атрофни кўздан кечириш мақсадидагина бурчакларда тўхтардик
бу қийин кечарди чунки вақт тиғиз эди
”
Ҳа. Албатта. Яшириниш яхшироқ.
Биз бир жойга беркиниб нима бўлишини кутиб турамиз.
Бу узоқ лекин осон кечади.
“
Биз қатронли кўчани кесиб ўтдик
асфальтланган сўқмоқ ҳам
уйга олиб борарди унинг олдида боғ
ҳовлининг орқасида ўйнаш майдони

mit Rutsche darunter geduckt
wir atmeten flach

„
Leise. Wenn was ist, Luft anhalten.
“

für eine Weile wirkt es still
doch das eigene Herz stört schnell
die Ruhe umher
stundenlang die Lage längst besser
relaxter
es wird schon hell

„
Die erste Bahn kommt gleich. Also beeil dich!
“

сирғалиб унинг орқасига тушдик, яширинганча
базўр нафас олардик

„
Секин. Бирор гап бўлса ҳам дамингни чиқарма.
"

Бир оз фурсат атроф жимдек
аммо юрак қурғур тезда
жимжитликни бузади
соатлаб кутамиз ҳолат яхшироқ
енгилроқ тус олади
Кун ёришади

„
Биринчи поезд ҳозир келади. Қани тез бўл!
"

Schreibspanne: 3 Stunden (Übersetzung)
Medium: loses Papier + Tintenkiller
Premiere: Johannesburg, Monchhichi Club

Mitautorin: Vuyelwa Maluleke

## Your sister is going to Europe

## Du sagst ihr du verlässt Europa

Your grandmother wants to know, if they speak English there
deine Großmutter möchte wissen ob man dich dort versteht

She means: will they hear you ask for help
sie fragt sich ob du da sicher aufgehoben bist

When she says English, she is a third language
während sie das sagt ist sie zu einem Drittel beruhigt

Her „They“ takes its breath
　　　　and no sooner it is an airplane
　　　　broken in half mid-flight
aber im selben Atemzug
　　　　sieht sie das Flugzeug
　　　　das mitten im Flug in zwei Hälften bricht

Who will guide it now?
wird alles gut gehen oder?

A „day“ reports in its place
sie sah Reportagen über das Land

Do they speak English there?
du die spicken sich auf dort!

You hurt her, when you mutter back
derselbe Schmerz ist in Großmutters Rücken

You pour Europe into her ears
du willst ein Paar Ohropax in deinen Ohren

But she is proud that it is causing her pain
aber sie ist stolz auf ihre kursierenden Wehwehchen

Her face says: come see my daugther speak
ihr Gesicht sagt: bevor ich eine Tote bin

Come see how she makes me deaf
    komm und sieh mich an
    es macht mich lebendig
Come see how black girls can disappear
    komm und sieh meine Schwarz-
    malerei bis ich sie verlier

We will need a translator to say goodbye
wir brauchen eine Überwindung fürs Lebwohl

But she is going to Europe
denn du verlässt Europa

It must be a grand place
sie nimmt ihre letzte Puste

Because I don't know anyone there
aber darin ist keine Antwort mehr

Schreibspanne: 2 Stunden (Übersetzung)
Medium: Ausdruck des Originaltextes + Kugelschreiber, Aufnahmegerät
Premiere: Mexico-City, Casa del Lago

Mitautor: Rojo Córdova

## Tabla : 4/4

ta/ta/ta/ta
In-se-gu-ro
Un-sich-er-sein

tá-di/tá-di/tá-di/tá-di
CÓ-rrup-TE-la-SIN-cas-TI-go
KOR-rup-TION-nur-OH-ne-STRA-fe

tá-ki-té/tá-ki-té/tá-ki-té/tá-ki-té
CRÍ-men-AR-TÍS-ti-CÓ-MÁS-nar-CÓ-TRÁ-fi-CÓ
SÜN-den-AR-TIS-tisch-MIT-MEHR-dro-GEN-SCHMUG-gel-EI

tá-ka-dí-mi/tá-ka-dí-mi/tá-ka-dí-mi/tá-ka-dí-mi
CHAM-ba-CHA-fa/MA-la-PA-ga
LA-pro-DUZ-co/NA-die-GA-na
SCHLECH-te-AR-beit/WE-nig-KOH-le
PRO-du-ZIE-re/NIE-mand-KRIEGT-was

ta-di-guí-na-tóm/ta-di-guí-na-tóm/ta-di-guí-na-tóm/ta-di-guí-na-tóm
A-cu-MU-la-CIÓN/TE-qui-TO-te-DOY
GEN-tri-FI-ca-CIÓN/VA-ya-SÉ-dea-CÁ
AK-ku-MU-la-TION/NIMM-dir-GIB-zu-RÜCK
GEN-tri-FI-ka-TION/HAU-doch-AB-von-HIER

TÁ-KA-DI-MÍ-TA-KA/TÁ-KA-DI-MÍ-TA-KA/
TÁ-KA-DI-MÍ-TA-KA/TÁ-KA-DI-MÍ-TA-KA
PAZ-mon-si-VÁIS-car-de/NAL-y-ke-ROUAC-on-the/
ROAD-on-the-ROAD-por-la/FÁC-la-ciu-DAD-trans-pa/
GOE-the-ver-SPÜR-te-was/BÜCH-ner-EMP-fand-un/
TER-wegs-un-TER-wegs-um-das/LAND-durch-zu-
SCHÜT-teln-da

TÁ-KA-DÍ-MI-TÁ-KI-TÉ/TÁ-KA-DÍ-MI-TÁ-KI-TÉ/
TÁ-KA-DÍ-MI-TÁ-KI-TÉ/TÁ-KA-DÍ-MI-TÁ-KI-TÉ
MAR-gen-PE-ri-TRANS-ver-SAL/
ME-ta-POS-mo-MAR-gi-NAL/
CON-tra-LAUR-be-DE-me-TAL/
DE-sen-CAN-to-CO-mu-NAL/
MOR-gen-IST-ein-TANZ-im-SAAL/
MIT-dir-PO-sen-WAR-geni-AL/
KON-tra-GLAU-be-WÄR-me-TALL/
DES-halb-KANNST-du-KOM'N-e-GAL/

TÁ-KA-DÍ-MI-TÁ-KA-YÉ-NU/TÁ-KA-DÍ-MI-TÁ-KA-YÉ-NU/
TÁ-KA-DÍ-MI-TÁ-KA-YÉ-NU/TÁ-KA-DÍ-MI-TÁ-KA-YÉ-NU
É-sce-NÁ-rio
DEL-fra-CA-so
U-to-PÍ-a
CA-da-DÍ-a
PO-ca-PRA-xis
VIL-teo-RÍ-a
CO-ti-DIA-no
TRANS-mu-TAR-lo

Definitivamente!

Schreibspanne: 2 Stunden
Medium: Notizblock + Kugelschreiber
Premiere: Berlin, Literaturwerkstatt

Mitautor: Thabiso „Afurakan" Mohare

## Berlin Johannesburg

Berlin tastes like street art
A spicy tapestry that clouds my pallet
A mouthful of flavour I struggle to chew
So, I swallow whole and burp out a beatbox

da gab es viel Fleisch zu verschlingen
als wäre das Löwesein ein Grundrecht
ich erinnere mich an alles aber nur mundgerecht
mit mondgerichtetem Blick – er sieht aus wie ein Kartoffelchip

Berlin smells like a familiar lover
Perfumed history with concrete make-up
She's dressed in a euro scent with skyscrapers for stilettos
She is roses in winter

da gab es lackabgeplatzte Straßenbuden
inmitten vom Stau gesammelten Abgasetrubel
und die Dämpfe von beiden bedrängten die Naseninnenwände
dass sich mein Magen phasenweise nach innen wendet

Berlin looks like my mother
Old and firm
With long winding streets for arms
She hugs the whole world and keeps nations in her bosom

da gab es Bäume mit Blüten in der Farbe Lila
war das wirklich so? oder bin ich ein Fabulierer?
denn die lagen doch da als große
Teppichfläche gestreut auf der Straße für Obdachlose

Berlin sounds like a million bicycles shouting
Loud rubber marching chaos in unison
Keep right, pass left, bells are an anthem
A staccato rhythm and we all sing along

da gab es durch Gespräche hindurch kreischende Vögel
fluchten im Tiefflug über das Verhalten der Menschen
eher ein flüchtiges Gelächter zwischen zwei Flügelschlägen
wie Soundmeteoriten oder Ohrfeigen im Surroundstereofiepen des
Lebens

Berlin feels like pins and needles on my hands
Feels like goose bumps tickling my fingers
Butterflies in my belly
Like new love, my feet are jelly

da gab es Berührungspunkte
und Beunruhigungsgründe
jeweils eine Hautfarbe für jedes Gefühl
als Vermächtnis bleibt ein Muttermal im dicken Fell vom Gedächtnis

My Berlin is bicycles and flowers
Busses and trains on the hour
Arrivals and departures
I am citizen and immigrant
Until my visa expires

mein Johannesburg ist Frage und Gegenfrage
wer ist Erster? und war zuerst da? und
wer hat angefangen? und
wer hat am Gefangensein verdient? und
wo liegt eigentlich der Unterschied zu Berlin?

Schreibspanne: 1 Stunde
Medium: Hotelnotizblock + Kugelschreiber, Aufnahmegerät
Premiere: Johannesburg, Market Place Theatre

Mitautorin: Akua Naru

## street corner

*wenn ich etwas sage bin ich nur mein Vertreter*
*und reagiere auf Komplimente*
complications
*mit „I am flattered."*
*but actually I mean I am effectively tired*
*so when we meet*
*I keep quiet*
*still*
still
thoughts in this moment
----*[beatboxt]*-----------------
'cause this poem is required
--------------------------------
like a writers block
----------------------
boxes never opened
-----------------------
poetic license expired
-------------------*expired*
riots

*aus zwei Fäusten*
*mache ich ein* [clears her throat] *Räuspern*
*halte die Geräusche in meinen Händen*
*falte sie auf zu hautfarbenen Wänden*
*aber darin ein Fenster*
*frage: „Does it make sense at all?"*

all
falls
down
*down*
every medal and crown
*crown*
every dollar and cents
pounds pence
*pounds*
enhance the burden
*burden burden burden*
burden burden burden
*is burnin burnin burnin*
burnin burden burnin
*so perman perman permanently*
burden burnin burnin
*in words like:*
*Chica* *Tschabo*
Chica Tschabo
*Antike* *Karthago*
Antike Karthago
*Afrika* *am Bahnhof*
Afrika am Bahnhof
*verstehe ich versehentlich nur eben dieses*
*Jesus!*
Jesus
decorates our features
he reaches each ear through whispers
[*flüstert*]--
he reaches singing
---------------------
outstretched limbs
---[*singt*]------------
a tree of meaning
---------------------

his breathing
---------------
orisha screaming
--------------------
singing
---------
worship me and my image
-----[*beatboxt*]-----------------
worship
---------
come children come worship
----------------------------------
kneel down and worship
-----------------------------
these african nobles
------------------------
these dreadlocks
--------------------
this wristwatch
------------------
y’all know what time it is
------------------------------
this hip hop
--------------
this blackness
----------------
black is doomed
-------------------
black is death
----------------
black is midnight
---------------------
black is hindsight
---------------------
black as the back of your neck
-----------------------------------

resurrect

----------

my image

----

Legende: Akua, *Dalibor*, synchron
synchron

Schreibspanne: 1 Tag
Medium: Laptop, Aufnahmegerät
Premiere: Augsburg, Kongress am Park

Mitautorin: Dominique Macri

## Kinderlied

**und dann fragst du mich**
ob das was du zu viel hast
an and’rer Stelle fehlt
*wieso es nicht genug für alle gibt*
*auf der Welt*
**und ich antworte:**

*es wird so getan als wäre das Erwachsensein*
*eine Form der Verwachsenheit*
*mit den Grausamkeiten unserer Welt*
**als ob**
man Antworten parat hätte für alles im Kopf

aber vielleicht erkläre ich dir das
am besten mal in deiner Sprache:

**Li-Bu-Leh Fan-Tas-Tik**
**das Leben ist aus Plastik**
**Menschen machen rat-tat-tat**
**schießen alles platt-platt-platt**
**sieht man in der Glotze**
**Li-Bu-Leh und trotzdem**

**wir**
**shoppen shoppen weiter**
[*Hoppe-----Hoppe--------Reiter--*
**mit dem Geld begeistert**

-------------------------------------

**gehn wir in den Laden**

-------------------------------------

**kaufen uns die Waren**

-------------------------------------

**sind dann innen dumpf**

-------------------------------------

**macht es wieder BUMM**

-------------------------------------]

irgendwo auf der Welt
aber ich ha-         *BUMM*
16 Uhr Kinderturnen
und danach Chorprobe
bis dahin ver-         *BUMM-*
mele ich noch ein bisschen
die Zeit in der Stadt
und schie-         *BUMM-*
sichtig wie ich bin eine alte Frau
über die Straße während
ein Fotoal-         *BUMM*
das Einzige ist
was jemand mitnehmen kann
bei der Bombardierung seiner Stadt
**und er fragt:**
*„Fischer, Fischer, wie tief ist das Wasser?"*
„20 Tage, 8 Stürme und 3 Menschenleben."
*„So tief? Und wie kommen wir hinüber?"*
„Lasst alles zurück, was ihr kennt.
Stellt euch nackt vor die Welt
und vergesst, wer ihr wart."
*und er schnappt sich*
*das Fotoalbum und sein letztes Geld*
*souverän wie er das macht*
*ein kleiner Faktentrick in den Papieren*
*und schon ist er im Mittelmeer*
*sensationell wie er die Übersicht behält*

*auf so engem Raum*
*eine leichte Drehung im Boot*
*schon steht er alleine vor dem Grenzer*
*der schießt*
*und:*
**Toooooooooooooooooooooooooooot**

**nein**
**doch nicht**
**da ist ja noch einer**

**ene mene miste**
**er krabbelt an die Küste**
**ene mene meck**
**und er muss weg**
**weil**

*wer hat Angst vorm schwarzen Mann?*
Europa
*und wenn er kommt?*
dann kaufen wir

*einen noch höheren Zaun*
und Kameras
*mit noch höherer Auflösung*
und Stacheldraht
*doppelt gewunden*
**für doppelte Wundentiefe**
**und**
**Sa-tel-li-ten für**
**die Macht-e-li-ten**
**denn wir**
**grenzen ein**
[*Hänschen Klein*---------------------------------
**sind allein**
----------------------------------------------------

**lassen keinen Mensch hinein**

\-------------------------------------------------

**Schock und Blut**

\-------------------------------------------------

**stehn ihm gut**

\-------------------------------------------------

**auf dem Fotoshooooooooting**

\-------------------------------------------------]

du zeigst aufs Titelbild der Zeitung

[*Beatbox*-------------------------------------------------

mit 'nem fragenden Blick

\-------------------------------------------------------------

sag was machen die Soldaten mit dem Mann?

\-------------------------------------------------------------

ist das Krieg?

\-------------------------------------------------------------

dann tippt dein Finger in das Bild

\-------------------------------------------------------------

und direkt in die Wunde

\-------------------------------------------------------------

das sind drei gegen eins

\-------------------------------------------------------------

was sind das für feige Hunde?

\-------------------------------------------------------------

ich geh' da jetzt hin

\-------------------------------------------------------------

und dann sind wir schon zwei

\-------------------------------------------------------------

nehme 'nen Ninjaturtle mit

\-------------------------------------------------------------

macht dann drei gegen drei

\-------------------------------------------------------------

4 5 6 7 8 9 10

\-------------------------------------------------------------]

„Ich komme!"

*zu spät*

**und dann fragst du mich**
ob das was du zu viel hast
an and’rer Stelle fehlt
*wieso es nicht genug für alle gibt*
*auf der Welt*
**und ich antworte:**

*es wird so getan*
*als wäre die Kindheit*
*eine Form von Blindheit*
*gegenüber den Grausamkeiten unserer Welt*
**als ob**
keine Traumblase gleiten würde zur Realität und
**plopp**

Legende: Dominique, *Dalibor*, **synchron**

## klange Rede, kurzer Sinn

### *1:*

A-Seite
zensierter „radio edit"

„ich F--- sie in ihre M---
danach schiebe ich den SCH--- in ihren A---
zuletzt massiere ich ihre T---
und fühl' mich wohl in der Rolle als B---H---"

B-Seite
unzensierte „street version"

„ich F---üttere sie in ihre M---undöffnung
danach schiebe ich den SCH---pritzeninhalt in ihren A---rm
zuletzt massiere ich ihre T---auben Beine
und fühl' mich wohl in der Rolle als B---ehindertenH---elfer"

## 2: Erlkönig Remix

(eine sekundärliterarische Zusammenfassung in einer Galoppversion)

wer rei ~ tet ~ durch ~ die ~ Nacht ~ und Wind
es [ ] ist ~ der ~ Va ~ ter ~ mit ~ dem Kind
er [ ] hält ~ es ~ to ~ tal ~ fest ~ im Arm
so [ ] weiß ~ er ~ dort ~ da ~ wird ~ ihm warm

im [ ] Fie ~ ber ~ wahn ~ ein ~ Erl kö nig
das [ ] Kind ~ ent ~ deck ~ t mit ~ sehr ~ töd lich-
en Bil ~ dern lockt ~ am ~ End ~ er fährt
man ['s] Kind ~ ist ~ tot ~ dort ~ auf ~ dem ~ Pferd

Legende: ~ Hufklackern mittels Beatbox
[ ] Atem holen

## 3: untter

unter Tauchen
verstehe ich den einfachsten Weg schlechten Vibes auszuweichen
mein Tape ist kaputt
„Hast du es gefickt?“
es sieht so anders aus
wie 'n USB-Stick um allen Scheiß drauf zu speichern
tausche minder'n Schund
gegen einmal tunken unter Wasser
                                unter Wasser kann ich die Welt ausblenden
wie Rauschen im Hintergrund
als Knirps hatte ich Dolby-B eingebaut im Gehör
voll die Ideen aufgestaut im Gehirn
das meiste ist mit der Zeit runtergebrannt
„Hier, was meinste?
Wie lange halt' ich aus unter der Hand?“
                                unter der Hand ist das Geldstück auch nicht
oft verkauf' ich mit Taschenspielertricks
haufenweise Haschischdealern Trips
faires Gesetz auch wenn's die Welt eben killt
es geht um Geld gegen Skills
„Wer ist das jetzt?“
Nummer unterdrückt
                unterdrückt nur mal im Innern was euch ausmacht
und ihr seid reif fürs Fernsehen
überspielt nun mal gewisse Heimatgedanken

Tatam! man ist bereit für Fernweh:
„Voyage, Voyage"
eine Zeitreise
in überwindbarer Zukunft gibt es keine
Music Cassettes keine MCs mehr
ich übertreibe nicht sondern entzieh's eher
drei im Sinn und fünf das sind
acht gute Gründe für –Nice Beat Bubbling–
bitte erklär einem Jamaico mal –High Speed Dubbing–
der wird dich vielleicht merkwürdig angucken so
überblicke Erlebtes mit fast dreißig km/h
hinter mir geht alles unter Grund
                                        unter Grund dafür ist was weiß ich
kam 'n Haar zu spät vielleicht
werde gefragt wieso du die Lunte legst
„Damit mir im Rücken
all die Explosionen ein Feuerwerk
in die Nacht entzünden,
so für unterwegs."
        unterwegs

| | |
|---|---|
| Schreibspanne: | 6 Wochen, 3 Tage |
| Medium: | Gedächtnis, Laptop |
| Premiere: | Bamberg, Konzerthalle |

## SMS fantastique

ich warte auf zwei Töne
einen Klang einen Singsang
aber ob mir das gelingt lang-
sam werde ich nervöser

und warte auf zwei Töne
bin auch unbedingt dank-
bar wenn ich sie dann höre
mein Daumen rührt sich flink fang
damit an durch das Internet zu wischen
was die Wartezeit gelindert hätt''n bisschen
aber sehe weder jene Krisenherde
die zu Kriegen werden
noch die Kinowerbung
mit Bikinischwerpunkt als Blickfang

ich warte auf zwei Töne
        von einer SMS
die mich mit kess und festem
        Interesse restlos
        an das Fenster fesselt vom Telefon
die mich indes einkesselt
        dieser Stress ein Test
        für mein gestriges: „Lebewohl!“

beim Nachhauselaufen dachte ich die ganze Zeit:
„Duuuuuuuuuuuuuuuuuuuuuuuuu Hornochse!"
warte bis ich dich vor dem Spiegel von vorn boxe

man lernt doch keine Volltrefferfrau
vom Typ „fall in love" kennen
die einem noch dazu voll vertraut
und die Nummer aufschreibt
aber sagt dann beim Abschied „Lebewohl"
es folgte ein minutenlang stummer Aufschrei

ich warte auf zwei Töne
die fehlende Antwort-SMS macht mich verrückt
hab ihr per Handy-Express 'ne Nachricht gedrückt
„Hi. Haste Lust was trinken zu gehen?"
aber die Autokorrektur erfand
nur lauter Worte kurzerhand
und tauschte dort den Urbestand zu:
„Hi. Haste Lust fast dringend zu gähnen?"
also alles löschen und wieder neu eingeben
inzwischen aber köchelt in mir ein Feuerbeben

ich warte auf zwei Töne
einen Klang einen Singsang
aber ob mir das gelingt lang-
sam werde ich nervöser
bin auch unbedingt dank-
bar wenn ich – höre zwei Töne

„Nein."
und damit war meine Frage gemeint

als der Sinn des Wortes langsam in mich drang
ein Walzer stimmlich vorgetragen in mir sang

| | |
|---|---|
| Text | 3/4 Am ⁞ Anfang war's nur ein Wort erst mal |
| Hihat | ||| ||| ||||| |
| Snare | |
| Bass | |

| | |
|---|---|
| Text | wurde dann zu 'nem Chor- ge- sang |
| Hihat | ||| ||| ||||| |
| Snare | x x |
| Bass | |

| | |
|---|---|
| Text | füllte sich zu 'nem Or- ches-ter |
| Hihat | ||| | | || |
| Snare | xx xx xx xx xx xxX X X |
| Bass | |

| | |
|---|---|
| Text | wurde ganz laut und dort exakt |
| Hihat | | | || |
| Snare | xx xx xx xx xx XX |
| Bass | |

| | |
|---|---|
| Text | wollte ich schrei'n___n doch nein___n ich blieb |
| Hihat | ||| | ||| | |
| Snare | |
| Bass | |

| | |
|---|---|
| Text | klassischerweise leise schrieb |
| Hihat | | | |
| Snare | |
| Bass | |

| | | | | | | | | | | | |
|---|---|---|---|---|---|---|---|---|---|---|---|
| Text | 3/4 | etwas zurück | | | | | doch zum Glück | | | | |
| Hihat | | | \|\|\|\| | | | \|\|\| | | \|\|\|\| | | | \|\|\|\| |
| Snare | | | | | X | | | | | X | |
| Bass | | | | ■ | | | | | ■ | | |

| | | | | |
|---|---|---|---|---|
| Text | hab ich's | nicht | ab- | geschickt |
| Hihat | | | | |
| Snare | | | | |
| Bass | | | | |

denn ich hörte weitere zwei Töne
„Heut nicht. Mittwoch wär es gut."
und meine Augenkorrektur erfand
          nur lauter Worte kurzerhand
     und tauschte dort den Urbestand zu:
„Heul nicht. Wird doch alles gut."

ich befahl mir eine lässig wirkende Dreiviertelstunde
bevor ich endlich die Antwort hineintippen durfte
„Passt super. Wollen wir am Dienstag kurz telefonieren?"

und wieder warte ich auf zwei Töne
doch diesmal ist die Wartezeit 'ne schöne

| | |
|---|---|
| SCHREIBSPANNE: | 1 Jahr, 2 Monate |
| MEDIUM: | Gedächtnis, Aufnahmegerät |
| PREMIERE: | Mainz, KUZ |

## my mother was ungampe-pikane
## my father is absoluca
## this mixture was not respected

[Zeigefinger der rechten Hand wird ausgestreckt und in Hüfthöhe in die Luft gehalten]

### 1

ich hatte mal einen Kumpel
es war ein in die Jahre gekommener hartgesottener Indianer besonderer Art denn er war Skandinavier aus dem hohen Norden ein kleines Dorf so winzig das kann die Navianzeige von deinem Mobiltelefon niemals orten so viel wäre schon mal klar
er sagte er sei obdachlos aber ob das bloß bezogen war auf die Freiheit die er fühlte wenn er Helikopter flog wusste ich nie
jedenfalls hatte er keinen Personalausweis und wenn er so mal aus weiß nicht was für Gründen einen brauchte dann war es ein so laut Anschrift klar gefälschter denn da stand Straße der Donaudampfschifffahrtgesellschaft

## 1a

nur von mir kann diese Vorstellung kraft meines Amtes als Erfinder kommen denn dieser Indianer befand sich vollkommen in meiner Vorstellungskraft
ich war jung und brauchte die Welt nicht denn meine Weltsicht die wellt sich in Hügeln sie wälzt sich und prügelt seit Kindesbeinen die Realität genauso wie Gaza und Israel an die tägliche Kehle sich springen dass man in die komische Lage gerät zwei rhetorische Fragen gemäß seiner Kenntnisse zu stellen:
vielleicht werfen Palästinenser mit Steinen auf Paläste immenser Verzweiflung damit das jüdische Volk genügend Nachschub bekommt um seine Toten zu ehren

## 2

warum ausgerechnet immer dieser ausgestreckte Finger?
nun ich verzichte auf Zettel et cetera auf der Bühne und aus purem
Kalkül und keiner Lust mehr mir meine Texte zu merken
erfand ich mir kurzerhand dies hier und zwar Vinyl aus
purer Luft
Sauerstoffmoleküle lauern oft so willkürlich in der Gegend herum
man kann sie aber orten und ordnen und dann recorden
mit der eigenen Stimme und was im eigentlichen Sinne die
Diamantnadel am Plattenspieler ist hier anhand des Nagels
abkopiert
die Aufnahme wird über den Arm hinübergetragen und über den
Atem in Sprache gewandelt und kundgegeben somit könnte
man sagen ist mein Mund das Beben einer Lautsprecher-
membran

3

das Gute an Texten auf Luftvinyl ist man kann sie scratchen
oder das Gute an Texten das Gute an Texten das Gute an Texten
auf Luftvinyl ist man kann einsetzen nach Lust und Laune
oder man macht eine
Kunstpause oder man spielt sie rückwärts herum man begibt sich
sozusagen in's Revier – Reverse – 's Revier – Revers – 's
Revier der Magie mit anderen Worten aus purem Glauben
wird reine Materie was meine Martyrien leider nicht min-
derte denn was zu Beginn noch ein
„in die Jahre gekommener hartgesottener Indianer"
war wurde im Laufe der Zeit immer schlimmer und gemeiner zu-
letzt war es eine ganze Baptistengemeinde aus dem Bistum
Bad Homburg man könnte sagen ich litt unter Christenver-
folgung
wie sich das äußerte das erläuterte ich aus meiner Sicht am besten
mit einem Gedicht

*4*

ich seh' die Sonne hat den Frost entsorgt
hinter mir der Gospelchor macht: ooooh
ich wünsche Blüten für die Knospen dort
hinter mir der Gospelchor macht: ooooh
ich hör ein Vogel singt 'nen Trostakkord
hinter mir der Gospelchor macht: ooooh
ich summe mit ihm ohne ein Floskelwort
hinter mir der Gospelchor macht: ooooh

auf einmal hatt' ich Lust
auf Preiselbeeren
und hinter mir springen sie in die Luft
und sie stimmen ein ins gemeinsame Singen:
„Preiset den Herren."

ich seh 'ne Frau die in den Rewe rennt
hinter mir der Reverend sagt: yeah
sie bewegt sich wie ein Reh behend
hinter mir der Reverend sagt: yeah
am Obstregal steht sie dann nebenan
hinter mir der Reverend sagt: yeah
ich frag sie ob sie diese Beere kennt
hinter mir der Reverend sagt: yeah

sie stellt sich vor
ich sage: „Hallo Julia."
und hinter mir springen sie in die Luft
und sie stimmen ein ins gemeinsame Singen:
„Halleluja."

## 5

mit Julia wurde dann alles ruhiger
dann begann auch mein Studium und schwuppdiwumm war kein Platz mehr für meinen Schwachsinn ich war jetzt erwachsen
[Zeigefinger wird weggezogen]
keine Gespenster Chimären Dünkel von denen ich denke sie wären ein Kumpel aber ein bisschen vermisse ich die Zeit schon denn ich fand dass sie Atem ist den man zum Leben brauchte jetzt bin ich Fantasieatheist der einmal glaubte

Schreibspanne: 3 Wochen (Text), 20 Jahre (Beatbox)
Medium: Gedächtnis, Aufnahmegerät
Premiere: Karlsruhe, Tollhaus

## „Halt' meine Hand!"
oder
## „Halt! Meine Hand!"

**(je nachdem, ob man an einem Strand nett entlanggeht oder ein Schrankbrett entlangsägt)**

Schere besiegt Papier (das heißt)
Poet unterliegt Barbier
sein offenes Werkzeug zum Zeichen des Sieges
entfernt von der Armut lächelt Elite
vielleicht gibt es eine Verbindung für beide
dann wär es ein Dreieck und hätte 'ne Fläche
die man berechnet und dann dementsprechend
in die gerechten Teile zerschneidet
zu kleinen konzentrischen Kreisen
wie feines Konfetti zum Schmeißen
am nächsten Morgen wird alles gekehrt
zur Müllentsorgung in Säcke gesperrt
und der Alltag kommt wieder in Gang
übern Asphalt sieht man den Mann
wie er rennt zum Bus
er bremst zum Schluss
vor verschlossenen Türen und schimpft
Wortgeschosse ganz übel und schlimm
ich seh das von Weitem
versteh' die Verzweiflung
und dreh mir einstweilen 'ne Zigarette
bin kurz vor der Zieladresse

und prüfe ob die Kassette
noch in meiner Hosentasche steckt
check

zu Hause da dacht' ich noch
an einen Brief auf Papier
aber's lief nicht und schier aus dem Nichts
da entschied ich mich für
eine Schere aus Fingern
sie näherte sich in mein'm Zimmer
einem Gerät das man englisch auch „Tape Deck" bezeichnet
und drückte „Play" „Rec" gleichzeitig

die ersten Versuche
waren mir zu uncool
musste oft zurückspulen
und neu beginnen
es lag an meiner Stimme
sie klang unwahrscheinlich unbeteiligt
so als wären Worte Algorithmen
daher nahm ich Beats (also: Rhythmen) zu Hilfe
sie lockern die Schranken
eröffnen Gedanken
zu denen man sonst vielleicht nicht hingelangte
sie dringen nach innen
zu tieferen Stimmen
und schaffen es diese zum Klingen zu bringen:

| | | | | | | | | | | |
|---|---|---|---|---|---|---|---|---|---|---|
| Text | | | Du bist | | in diesem | | Leben | | er- | wiesen- |
| Hihat | 4/4 | | | | | | | | | |
| Snare | | | | X | | | | X | | |
| Bass | | ■ | | | | ■ | | | | |

| | | | |
|---|---|---|---|
| Text | 7/8 | er- maßen | 9/8 das, was ich suche und |
| Hihat | | \| | \| |
| Snare | | X | X |
| Bass | | ■ | |

| | | | |
|---|---|---|---|
| Text | 4/4 | hoffe die fiesen | Worte ver- ziehen |
| Hihat | | | |
| Snare | | X | X |
| Bass | | ■ | ■ |

| | | | |
|---|---|---|---|
| Text | 7/8 | zu be- kommen | 9/8 das fänd' ich supergut |
| Hihat | | X | \| |
| Snare | | | X |
| Bass | | ■ | |

| | | | |
|---|---|---|---|
| Text | 4/4 | na-tür- lich weiß ich | dass es nicht leicht ist |
| Hihat | | | |
| Snare | | X | X |
| Bass | | ■ | ■ |

| | | |
|---|---|---|
| Text | aber bitte gib mir | eine Chance nur eine letzte |
| Hihat | | |
| Snare | | |
| Bass | ■ | |

| | | |
|---|---|---|
| Text | wir sind vielleicht wie | nur so zum Beispiel |
| Hihat | | |
| Snare | X | X |
| Bass | ■ | ■ |

| | 4/4 | | |
|---|---|---|---|
| Text | | so ver- woben wie | diese Beats und Sätze |
| Hihat | | | \|\| |
| Snare | | X | |
| Bass | | ■ | |

| | |
|---|---|
| Text | Darum lass mich erklär'n |
| Hihat | \|\| |
| Snare | X X |
| Bass | ▬ |

| | |
|---|---|
| Text | warum fällt's mir so schwer |
| Hihat | \|\| |
| Snare | Xxxxxxxx |
| Bass | ▬ ■ |

| | |
|---|---|
| Text | dir ins Gesicht zu sagen |
| Hihat | \|ı\|ı\| \| |
| Snare | X |
| Bass | ▬ |

| | |
|---|---|
| Text | wie sehr ich dich mag |
| Hihat | |
| Snare | X X X X |
| Bass | ▬ |

| | |
|---|---|
| Text | das hängt nur mit mir selbst zu- sammen |
| Hihat | \|ı \|ı \|ı \| |
| Snare | xx xxX xx xxX xx xxX xx xxX |
| Bass | ■ ■ ■ ■ |

Text 4/4 kannst nix da- für ist mein Zu- stand
Hihat | |ı |ı |ı |ı
Snare xx X xx xxX xx xxX xx xxX
Bass ■ ■ ■ ■

Text werd' mich sehr stark ver- suchen zu bessern
Hihat |ı |ı |
Snare xx xxX xx xxX xx xxX xx xxX
Bass ■ ■ ■ ■

Text das wird sehr hart für mich deshalb
Hihat |ı |ı |ı
Snare xx xxX xx xxX xx xxX
Bass ■■ ■ ■ ■■■

Text gib mir etwas Zeit / nur für mich allein / nur
damit du weißt / ich bin dein / für immer
Hihat
Snare
Bass ▬

Text aber g'rade brauch' / ich nur meine Couch / denn
da kann ich abtauchen / im Zimmer
Hihat
Snare
Bass ▬

| | | |
|---|---|---|
| Text | | [Atem holen] darum nehm' ich diese Kassette hier/ auf mit was mir im Kopf steckt |
| Hihat | 4/4 | |
| Snare | | |
| Bass | | |

[Atem auspusten]<br>[Augen auf] } Ich glaub' ich drück jetzt: „Stop“ „Eject“

vor ihrem Briefkasten hielt ich noch inne
schob danach diese Kassette nach innen
hab danach nie mehr etwas gehört (von ihr)
hatte schon zu viel vorher zerstört

eine Zweisamkeit
es liegt auf der Hand
wird von einem zu Stein gewordenen Herz
besiegt irgendwann

Schreibspanne: 1 Monat, 4 Tage
Medium: Gedächtnis, Laptop
Premiere: Gießen, Jokus

## Incognito, Werwolf, Bumm
oder
## „cogito ergo sum“

die Formel:

man berechnet
den Inhalt von Körpern
mithilfe der Wörter
die
    Tiefe mal
        der
        Höhe mal der Breite
und eigentlich schlau wird
ein einfaches Schaubild
auf diese gar sehr schöne Art gezeichnet

[Daumen, Zeigefinger und Mittelfinger werden wie drei Achsen voneinander abgespreizt]

der Rechenweg:

ich war aufgeregt
denn ich saß mit einer Frau
        im Restaurant
        beim Rendezvous
        am reservierten Tisch
wir aßen beide
        den mit Estragon

Zitronenmousse
an Reis servierten Fisch
dazu gab es einen Liter naturbelassenen Grauburgunder
für mich war mit Literatur befassen 'n Graus und Wunder zugleich
aber es war unser Thema
also hätte ich fast gesagt:
„Ich lese lieber blöde Thriller
als Goethe, Schiller
lieber Herr der Ringe
als Herder, Rilke
lieber was mit 'ner Ein-Mann-Armee-Gangsterbraut
als Mallarmé, Ezra Pound."
aber ich wusste sie war eine Intellektuelle
und wir hatten eines dieser Indirektduelle
bei denen man abwägt
ob man zueinander passt
oder voneinander rast
also sagte ich:
„Ich lese niemals leichten Stoff
nur Wieland, Eichendorff
auf keinen Fall Berlinromane
nur Hölderlin, Fontane
auch keine Horrorbücher
nur Heine, Burroughs, Büchner."
hmm
manchmal steht man hinter sich
[einen Schritt nach hinten, beobachten, einen Schritt wieder vor]
beobachtet
und verhindert's nicht

denn ich war aufgeregt wie Ikarusellenbogen
alles drehte sich wie'n Karussell am Boden
denn ihr Haar war
kastanienbraun
was da die genaue
Bezeichnung für ihre Schattierung war

weiß ich nicht
quasi ein Braun
das da wie ein Saum
aus Seidenpapier einen Schatten warf
je nach Licht
war sie ’ne Frau
war sie ein Traum
der mir gehörig den Atem nahm
im Gesicht
war’n diese Augen
kastanienbraun
und so hörte mein Karussell
gar nicht mehr auf
zu kreisen
reisen

„Scheiße!“

jetzt hatte ich ihre Frage überhört
was sollte ich antworten?

ja
nein
klar
vielleicht

| | | |
|---|---|---|
| wohl- | mög- | lich |
| wär’s | höf- | lich |
| ganz | ein- | fach |
| zu | lä- | cheln |
| und | dann | ab- |
| zu- | war- | ten |
| wie | sie | re- |
| a- | giert | ich |
| dra- | pier’ | die |
| Ser- | viet- | te |

wo- an- ders-
hin kom- me
mir vor wie
’ne Ma- rio-
net- te die
von je- mand
an- de- rem
völ- lig ge-
steu- ert wird
an- ders ge-
sagt al- so:
„Völlig bescheuert!“

hmm
manchmal steht man über sich
[in die Zehenspitzen gehen, an Fäden ziehen, wieder nach unten]
beobachtet
aber verliert Übersicht
ich wiederhole mich wenn ich sage
ich war so aufgeregt dass ich zitterte
zum Glück wiederholte sie ihre Frage
ob mir vielleicht aufregende Zitate
von den eben genannten
Poeten bekannt sind

(ich hatte ein breit gefächertes Wissen
über Rhymes und Rapper und Dissen

ich konnte auch
das kleine Einmaleins
einmal eins a aufsagen
aber das war lange her

ansonsten verfügte ich
über Kenntnisse
bei in Kenntnissetzung

von Mahngebühren
weil ich mal gefühlte
hundert Sklavenjahre
in einem Callcenter gearbeitet habe)

ich wollte ansetzen zu einer Antwort
aber stattdessen ging meine Hand vor
und zwar so:
[s. oben]

hmm
manchmal steht man neben sich
[einen Schritt zur Seite, beobachten, einen Schritt zurück]
beobachtet
aber versteht's erst nicht

Ergebnis:

und da fiel mir ein
man berechnet
den Inhalt von Körpern
mithilfe der Wörter
die
    Tiefe mal
        der
        Höhe mal der Breite
und mir gefiel meine Lösung keinsterweise
denn ich war schon
tief
    gefallen so
            als
            Hochstapler der von sich selbst breit-
geschlagen wird
etwas darzustellen
was er nicht ist
also sagte ich:

„In der Tat
 gibt es ein Zitat
 aber ich werde es nicht sprechen
 sondern ich sing:
 Don't
          don't
          don't
          don't believe the hype!"
und ging

SCHREIBSPANNE: 4 Monate, 3 Wochen
MEDIUM: Laptop, Aufnahmegerät
PREMIERE: Erlangen, E-Werk

## Abendlandsverräter

als ich noch bei meinen Eltern wohnte
kam meine Mutter manchmal ins Zimmer
und fragte: „What's that you're writing?"
„Poetry" SLAM!
[mit der Hand einen Schlag andeuten]
was nicht ganz der Wahrheit entspricht
denn bei uns zu Hause wurde überhaupt
nicht
englisch
gesprochen

morgens im Spiegel
sein Gesicht betrachten und denken: „Ich bin's leid!"
entspricht nicht ganz der Wahrheit
sondern morgens im Spiegel
sein Gesicht betrachten und denken: „Ich bin's. Leider!"

man entdeckt Falten
Runzeln und
Augenringe
oder schlimmer Verhaltens-
muster und
Augenblicke in denen man
anders hätte entscheiden sollen
anders hätte erscheinen wollen

als es dann tatsächlich war
sodass man tagtäglich zwar
dieses Spiegelbild
auch schon mal sein Aussehen nennt
und trotzdem
dazu getrieben wird
sich auszumalen wie es aussähe wenn
man
reich geworden wäre
mit eigenem Teich und Gondoliere
der einen hinüberschippert
seinem Haustier einem Schimpansen
gibt man Kaviar
dafür spielt er Klavier
begleitet von einem Papagei
der sich äußerst plappergeil
beschäftigt mit der Finanzlage unseres Landes
und die Brisanz darin eigens behandelt
es basiert auf Beethovens „Für Elise“
und heißt deswegen bloß „Für Elite“

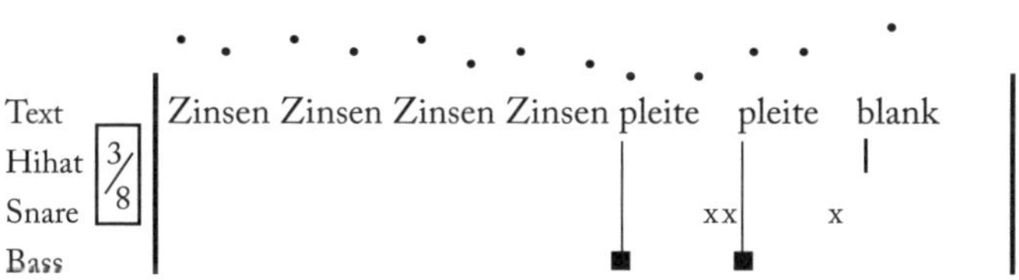


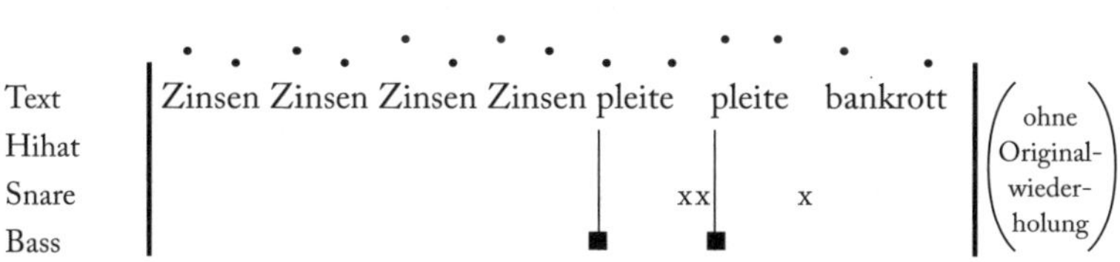

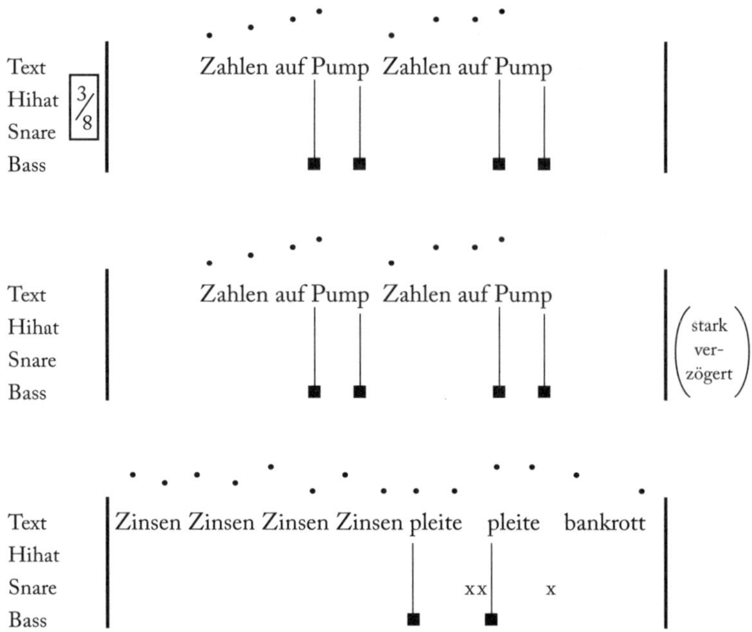


morgens im Spiegel
sein Gesicht betrachten und denken: „Ich hab's satt!“
entspricht nicht ganz der Wahrheit
sondern morgens im Spiegel
sein Gesicht betrachten und denken: „Ich hab Sand. In den Augen!“

jetzt mal ganz im Vertrauen
am liebsten würd' ich mir eine verpassen
denn ich bin in einer Verfassung
die man nicht mehr ändert
mit Zweidrittelmehrheit
mit zwei Tritten mehr in den Hintern
man behauptet vornweg nur was erwartet wird
aber die Autokorrektur sagt mir was anderes:
aus –Sozialstaat– macht man
„Ach so…tja…schad'.“ und dreht sich weg

aus –Freiheit– macht man
den Feierhype und dröhnt sich weg
aus –Demokratisierung– macht man
alte Dämonenaktivierung und drohnt sie weg
aus –Andersgläubige– macht man
„An das geläufige System bitte anpassen!“
hier zum besseren Verständnis
das neue Glaubensbekenntnis
es basiert auf Mozarts „Eine kleine Nachtmusik“ und zeigt
wie man die Welt aus Europas eigener Betrachtung sieht

Text 4/4 Ich seh die Not auf dieser uns’rer Welt
Hihat | |
Snare X X

Text mach’ ’n Fot- o lieber von mir selbst
Hihat | |
Snare X X

Text wenn alles eh den Bach hinuntergeht
Hihat | |
Snare X X

Text dann lasse ich nicht zu dass man mich runterzieht
Hihat | |
Snare X X

| | |
|---|---|
| Text | also ich grinse lieber in die Linse wenn ich da nur |
| Hihat | |
| Snare | |

| | |
|---|---|
| Text | hinseh wird schon alles guuuuut |
| Hihat | |
| Snare | X |

| | |
|---|---|
| Text | die Angst in meinen Augen retuschier' ich |
| Hihat | |
| Snare | |

| | |
|---|---|
| Text | am Computer noch zu Mut |
| Hihat | |
| Snare | |

morgens im Spiegel
sein Gesicht betrachten und denken: „Mir langt's!"
entspricht nicht ganz der Wahrheit
sondern morgens im Spiegel
sein Gesicht betrachten und denken: „Mir lange Zeit
nicht mehr ins
Gedächtnis gerufen
wie es tatsächlich war
als ich noch bei meinen Eltern wohnte
meine Mutter manchmal ins Zimmer kam
und fragte: ‚A šta to pišeš?'
‚Poeziju.'
und ich es ihr vorlesen durfte."

wie anders
wäre die Welt wenn
folgende Regel gälte:
für jeden Poerzieler
kriegt man was mit der Ferse wieder
aber leider scheint die Welt
sich zu scheiden durch Wettbewerb
in Poesieger und Verselierer

## Danke.

An jene Dichter + Dichterinnen, die den Weg seit Jahrtausenden geebnet haben.

An Familie Marković und Familie Aytogmus, für Kraft und Rückhalt.

An alle Freunde + Freundinnen, Kollegen + Kolleginnen, Institute + Institutionen.

An den Bullen, der mir begegnete, nachdem die Passagiere aus der Maschine sich in den langen Korridoren verteilten. Es tat gut, sich wieder bewegen zu können nach zehn Stunden Flug. Das Erste, was mir auffiel, war die Sauberkeit, die am Flughafen herrschte. Das machte die Räume so ruhig. Die Menschen redeten dadurch viel leiser. Mit dem Handgepäck, das ich über die Schulter geworfen hatte, lief ich an einer Gruppe Polizisten vorbei. Sie standen im Zugangsbereich einer ebenen Rolltreppe, die einem etwa fünfzig Meter Laufen ersparte. Der älteste von ihnen, er war der einzige mit weißgrauem Bart, war bei der Pointe einer Geschichte angekommen. Alle lachten laut auf. Einer von ihnen beäugte mich dabei kurz aus dem Augenwinkel. Eigentlich wäre ich gern auf die Rolltreppe gestiegen, aber dafür hätte ich mich den Polizisten zu sehr nähern müssen. Ich entschied mich, bis zur nächsten Rolltreppe weiterzulaufen. Mein Körper erwartete eine Morgensonne in den Panoramafenstern, aber ich sah den Schatten an, dass sie von einem Nachmittagslicht stammten. Vor mir blieb ein Mann unvermittelt stehen, sodass ich ihm leicht ausweichen musste. Im Vorbeigehen hielt er mir seinen Dienstausweis ins Blickfeld und sagte mir, dass ich stehen bleiben sollte. Er hatte gelbe schiefe Zähne, seine Sporthose war braun und faltig. Die Farbe meines Reisepasses ließ ihn die Augenbrauen erwartungsvoll hochziehen. Er fragte mich etwas auf Englisch, aber ich gab ihm zu verstehen, dass wir uns auch auf Deutsch unterhalten könnten.

„Ah, gut. Wo kommen Sie gerade her?"

„Mexico-City."

„Wie lange waren Sie da?"

„Eine Woche."

„Und wo wollen Sie jetzt hin?"

„Nach Hause."

„Was haben Sie in Mexico-City gemacht?"

„Da gab es ein Poesiefestival und ich bin eingeladen worden, dort aufzutreten."

„Ein Poesiefestival?"

„Ja."

Er verkniff sich ein Lachen, gab mir meinen Reisepass zurück und wünschte mir einen guten Tag.

*„got some action on the other side, loose teeth in my head“*
queens of the stone age